LES ÉDITIONS Z'AILÉES
22, rue Ste-Anne
C.P. 6033
Ville-Marie (Québec)
J9V 2E9
Téléphone : 819-622-1313
Télécopieur : 819-622-1333
www.zailees.com

DISTRIBUTION
MESSAGERIES DE PRESSE BENJAMIN INC.
101, Henry-Bessemer
Bois-des-Filion (Québec)
J6Z 4S9
Téléphone : 1-800-361-7379

Infographie : Le Reflet I.D. Grafik
Illustration de la page couverture : Mary Racine
Maquette de la couverture : Le Reflet I.D. Grafik
Texte : Amy Lachapelle

Impression : Octobre 2009

Dépôt légal : 2009
Bibliothèque nationale du Québec
Bibliothèque nationale du Canada

ISBN : 978-2-923574-61-5

Imprimé sur papier recyclé. ♻

Les Éditions Z'ailées remercient la SODEC
pour l'aide accordée à leur programme
de publication.

SODEC
Québec

Amy Lachapelle

Le monde de Khelia

En orbite autour de moi

Tome 4

Roman

ÉDITIONS AILÉES

Merci à toutes les lectrices de Khelia
de suivre ses aventures d'aussi près.
Grâce à vous, elle vit!

Chapitre 1

Le vide

Nous sommes à une semaine, jour pour jour, de Noël. La vie à l'école bat son plein. Les engagements que j'ai pris occupent davantage mon temps que je ne l'aurais cru. Entre le voyage à organiser, les devoirs, les activités sportives sur l'heure du dîner, le gardiennage et les amis, il me reste moins de temps que je l'avais prévu!

Ce matin, Samuel, mon nouveau-faux-petit-frère a eu une bonne nouvelle... que j'ai accueillie avec déception. Sa mère va beaucoup mieux, paraît-il, et elle serait maintenant en état de reprendre ses enfants. Depuis son séjour à l'hôpital après son intoxication aux médicaments, elle a retrouvé la forme. Le père de Sam est toujours en prison pour vol et je crois qu'il en a encore pour plusieurs mois.

Mais ce que j'ai surtout de la difficulté à comprendre, c'est qu'on puisse jouer au yo-yo ainsi avec un enfant. Si une adolescente comme moi peut voir que ça n'a pas de sens, comment se fait-il que plusieurs adultes réunis ne le voient pas? Mon père m'a dit que c'est le système qui est fait comme ça. Bizarre…

Samuel remplit ses sacs en vue de son retour chez lui. Mes sentiments sont un peu mitigés. Je partage son bonheur de retrouver les siens, mais je suis triste de le voir partir. Je me suis habituée à sa présence; nous avons tellement de plaisir ensemble. Il y a environ deux mois, il venait s'installer à la maison.

L'automne a passé si vite que les premières neiges sont déjà tombées! Avec le projet de voyage scolaire que Noémie et moi avons initié, je suis toujours occupée, et à la maison, ce n'est pas plus reposant.

Je suis assise par terre avec Samuel dans la chambre qui ne sera bientôt plus la sienne. Il met les jouets que mes parents lui ont achetés dans une boîte. Son sourire était si étincelant quand ma mère lui a dit plus tôt :

- Tu les gardes. Ils sont à toi maintenant.

- Merci beaucoup, a-t-il lâché timidement.

L'intervenant social sonne à la porte. Ça y est, c'est l'heure du départ. J'en ai la larme à l'œil. J'espère que tout va bien aller pour lui dorénavant. Sam nous fait ses salutations et à chacun, un gros câlin. J'en profite pour lui remettre en douce un porte-clés en forme de Spiderman. Je lui chuchote :

- Prends-le comme porte-bonheur. Et si ça ne va pas, il t'écoutera.

-Merci, Kili.

- Khelia, on a une surprise pour toi!

tous les cours se transforment en période relax. Nous regardons donc un film dans le cours d'anglais et l'autre période est réservée à la discussion. En après-midi se tient le spectacle de Noël. J'ai pris la décision de ne pas y participer cette année. Je manquais un peu de temps et en plus, le grand fendant à Benoît, le gars le plus con que je connaisse, y prend part. Il est tellement prétentieux et au-dessus de tout le monde, lui, qu'il se permet d'écœurer n'importe qui pour n'importe quelle raison. Moins je le vois, mieux je me porte. Je tente de l'éviter en ne m'impliquant pas dans les mêmes activités que lui. Je sais que je me prive pour quelqu'un qui n'en vaut pas la peine, mais je crois que c'est la façon la plus facile de l'éviter.

Dans la grande salle à dîner, qui a été convertie en salle de spectacle pour l'occasion, je suis assise avec Noémie et une de ses copines qu'elle connaît depuis toujours, Mathilde. Je m'entends très bien avec elle. Mathilde est dans quelques-uns de mes cours et nous rigolons comme des folles. Nous ne nous voyons pas en dehors de l'école par contre. Ses parents ont l'air super-trop-pas-d'allure-stricts, alors je crois qu'elle ne sort pas souvent de chez elle. C'est poche de leur part! Ils ne peuvent pas la garder prisonnière ainsi!

Je ne vois pas Maylis; elle a sûrement foxé avec Joanie. Elle n'a tellement pas l'air dans son assiette ces derniers temps, soit depuis que ses parents sont séparés. Ou peut-être qu'elle a toujours été comme ça et que je ne l'avais simplement pas remarqué... Je ne le sais plus trop...

En tout cas, c'est son problème, pas le mien. Nous faisons encore des trucs ensemble, car elle est mon amie. Mais j'essaie d'éviter de me mettre dans le pétrin, alors j'aime mieux la fréquenter un peu moins. Elle a un talent certain pour se mettre les pieds dans les plats. Dans le fond, je suis sûre que c'est une bonne personne... mais qui a de la difficulté à trouver le bon chemin à prendre. Ciboulot! On dirait mon père qui s'est infiltré dans mes pensées... qu'est-ce que j'ai, moi, à avoir des réflexions de parents? Je passe trop de temps en leur compagnie, je crois!

Antoine et moi n'avons pas repris; il sort maintenant avec Catherine depuis un mois. Mais je ne pense pas que ça va durer. « Après avoir avalé la pilule » comme dirait ma mère, nous sommes restés amis. Personnellement, je ne comprends pas pourquoi ils sont ensemble. Ils semblent plus être des amis qu'un couple, omis le fait qu'ils se tiennent par la main. Parfois, il me parle de Cath, mais selon moi, il ne paraît pas amoureux. De toute façon, je ne trouve pas qu'ils ont beaucoup de choses en commun. Pourquoi s'intéresse-t-il à elle? Elle est si fade... Il finira par s'en rendre compte et il la laissera… Et si c'est le cas, il me restera encore de l'espoir!

Je me console en me disant qu'Antoine s'est assis juste en avant de moi. Alors j'ai la chance de lui parler un peu avant de partir pour les vacances.

Dans la grande salle, on sent l'excitation de tous les élèves. Les vacances ont cet effet-là. Comme si nous nous quittions pour toujours. Pourtant, il s'agit de deux semaines seulement! Ce n'est rien! Mais je suis la première à ne plus tenir en place!

Chapitre 2

Montréal m'attend

Jiji est avec Patrick depuis tellement longtemps que pour moi, c'est mon oncle. Raphaël ne voit son vrai père qu'une fois par mois car il travaille dans le nord de l'Ontario et ne vient pas souvent à Montréal. Pour Raph, Patrick est comme son père.

Ma tante lance, enjouée :

- Avez-vous le goût d'aller le voir jouer?

- Oh oui! Dis oui, papa!

- Pourquoi pas.

Je me hâte d'appeler Kassandre pour savoir si elle veut m'accompagner.

- Kass! Je suis enfin arrivée! Comment vas-tu?

- Kel! Ah, ça va.

- Je vais au match de hockey de mon cousin que tu trouves si beau... Veux-tu nous accompagner?

- Ah! Je viens de me pogner avec ma mère.

- Est-ce que ça veut dire que tu ne peux pas sortir?

- Tu as tout compris.

- Flûte! Je vais essayer d'aller te voir aujourd'hui dans ce cas, si mon père veut. Sinon, je te téléphone demain.

Comme de raison, lorsque je demande si je peux aller la visiter après la partie, mes parents y vont d'un non catégorique. « Elle a été punie, nous n'irons pas à l'encontre de la décision de ses parents. Tu la verras demain. »

Zut de flûte! Ça commence mal! Les parents sont tous pareils, si dictateurs!

Il y avait si longtemps que je n'avais pas

mis les pieds dans un aréna. Dans mon ancienne vie, quand je vivais ici, je venais voir la plupart des matchs de mon cousin. Mais à Sainte-Patrie, je ne me suis pas vraiment fait d'amis qui jouent au hockey — et c'est sûr que je n'irai pas voir le grand Benoît jouer! — je n'ai donc jamais été voir de parties. Pourtant, j'aime beaucoup ce sport bien que je n'y aie jamais joué. Il m'est même arriver de regarder des matchs à la télé avec mon père.

L'ambiance des arénas et de ce sport me fait vibrer, c'est fou! Les partisans qui crient, l'odeur des frites du casse-croûte — hum, des frites! — , le son des patins sur la glace, tout me plaît… sans oublier les beaux gars qui y jouent!

Les cris des partisans résonnent dans l'aréna. La partie se termine 4 à 2 et Raphaël a même compté un but! Ma tante propose d'aller fêter cette victoire au restaurant. Un des amis de mon cousin nous accompagne. Il est très gentil, mais pas de mon goût du tout...

D'ailleurs, pourquoi nous, les filles, at-tardons-nous à la beauté d'un garçon chaque fois que nous en rencontrons un? Les gars font-ils ça aussi?

La journée a filé à toute allure. Demain, j'ai prévu me rendre chez Kass pour que nous passions la journée ensemble. Magasinage, flânage, cinéma, ce sera une autre journée occupée. Comme Noël est dans deux jours et que les partys de famille vont commencer pour tout le monde, je dois en profiter maintenant pour la voir!

Quand mon père me dépose chez Kassandre, j'ai le droit à une tonne de recommandations à n'en plus finir. Je lève les yeux vers le ciel et me fais patiente pendant qu'il déblatère sur la confiance et bla- bla-bla...

- Je te fais confiance aujourd'hui, Kel. Je reviens te chercher pour l'heure du souper. Tu ne fais pas de bêtises. Si j'apprends que tu as fait quelque chose de croche, tu le regrettas longtemps. Tu sais que j'ai la mémoire longue...

Je l'interromps pour me faire rassurante :

- Papa! J'ai vieilli et je suis mature maintenant. J'ai appris. Ne t'inquiète pas. Tu ne seras pas déçu, je te le promets sur la tête de grand-maman.

- OK. Passe une bonne journée, mon trésor.

Mon trésor? Hou là là, mon père est mielleux...

Mon papa gâteau me remet même son cellulaire pour qu'il puisse me joindre en tout temps. Il accompagne ce geste d'une dernière recommandation :

- Tu peux m'appeler en tout temps. N'hésite surtout pas, peu importe les circonstances.

Je crois que mes parents n'ont pas du tout confiance en Kassandre. J'étais quand même avec elle lorsque j'en ai fait voir de toutes les couleurs à mes parents. Mais c'est de l'histoire ancienne tout ça... et il ne faut pas vivre dans le passé!

Lorsque mon amie ouvre la porte, je reste un peu saisie. Ses cheveux bruns sont teints noir corbeau. Ce n'est pas très classe... Elle a un petit anneau juste au-dessus du sourcil. C'est quoi ce look de rebelle?

Nous nous serrons dans nos bras.

- Viens, allons dans ma chambre. Ma mère nous emmènera au centre-ville tantôt. Elle a des trucs à faire avant.

Bien assises sur son lit, nous placotons comme avant. Mais étant donné que je lui parle de personnes qu'elle ne connaît pas, je ne la sens pas tout à fait là. Elle s'est fait, elle aussi, de nouveaux amis depuis mon départ; je ne connais pas non plus tous les gens qu'elle fréquente.

Sa mère vient nous interrompre pour nous dire qu'elle est prête à partir. Nous devrons revenir en métro par contre.

Dès que la voiture de sa mère file après nous avoir déposées, Kass s'allume une cigarette.

- Tu fumes!

Il s'agit davantage d'une exclamation que d'une question.

- Ben ouais. Tu en veux une?

- Non, vraiment pas.

J'aurais le goût de lui faire mon sermon anti-tabagiste, mais je me retiens. À voir l'air qu'elle me fait, elle me trouvera ringarde. Je me zippe la bouche, comme dirait Samuel!

Autre surprise à laquelle je ne m'attendais pas, elle a donné rendez-vous à son chum. Je dois dire que mon intention était plutôt de passer la journée avec elle – même si ça semble égoïste – et non avec un étranger.

Cette rencontre me fait comprendre bien des trucs par contre.

Francis est plus vieux que nous. Ça, j'en suis certaine. Je ne suis même pas sûre qu'il soit encore à l'école! Il a un *look* un peu rockeur, avec un tatouage sur le bras. À la limite, cette allure paraît même un peu stéréotypée. On dirait qu'il s'habille à l'Armée du Salut, ce qui est probablement le cas. Je vois donc d'où vient le nouveau style de mon amie. Elle est tellement suiveuse! Franchement...

C'est alors que notre journée de magasinage se transforme plutôt en après-midi de niaisage. Après avoir grignoté un sandwich, nous traînons au centre commercial. Des amis de Francis viennent nous rejoindre. Je n'ai vraiment pas le goût de dépenser mon argent avec eux. Ils me trouveront probablement poche quand ils verront ce que j'achète, alors j'aime mieux m'abstenir et revenir avec ma mère ou mon cousin.

Je ne me sens pas du tout à ma place. Ça fait plus d'une heure que nous poireautons à l'entrée du centre commercial. Les gens qui entrent nous jettent un regard de dégoût. Je n'aime pas du tout ce mépris. Mes parents auraient honte de me voir traîner ainsi.

Je me sens tellement mal que je décide de retourner directement chez ma tante en métro puisque je suis à quelques stations seulement de là.

- Kass, je vais partir, moi. Je ne me sens pas très bien. Je te rappelle.

- Es-tu correcte?

- J'ai mal au ventre... Je vais aller me reposer chez ma tante.

- OK. À plus.

Ce que je viens de lui raconter est en fait un demi-mensonge, car la compagnie de ces gens-là me donnent en effet mal au ventre!

Assise dans le métro, je regarde les murs défiler à vive allure. Je n'en reviens tout simplement pas à quel point Kassandre n'est plus la même. Peut-être qu'elle aussi trouve que j'ai changé, je n'en sais rien. Et à vrai dire, je me fiche pas mal de ce qu'elle pense. J'ai l'impression que ma meilleure amie – qui n'est plus vraiment ma meilleure amie dans le fond – et moi, nous prenons des chemins complètement différents. Il y a un an à peine, nous étions les meilleures copines du monde. Nous nous promettions que rien ne nous séparerait. Maintenant, j'ai l'impression que Kassandre est une étrangère, que je ne la connais pas du tout. C'est fou… et ça me fait de la peine.

Quand j'arrive chez ma tante, qui habite tout près de la bouche de métro, mes parents sont très surpris de me voir. Un, mon père devait venir me chercher chez Kassandre. Deux, il est à peine 15 h 30 quand je pose les pieds dans le vestibule. Ma mère vient me voir, et comme d'habitude, il semble qu'elle sait lire en moi.

- Que s'est-il passé avec Kassandre?

- Bah, rien de spécial.

- Vous êtes-vous disputées?

- Non, même pas. C'était plate. Elle avait invité son chum et ses amis. Ils ne sont pas du tout comme moi. Je me suis sentie de trop.

- L'as-tu dit à Kassandre?

- Non. Ça n'en vaut pas la peine. Elle a tellement changé, j'ai l'impression de ne plus avoir de points communs avec elle. Je n'ai même pas le goût de la revoir.

Ma mère semble décoder mes yeux

noisette.

- Je vois. Viens avec nous au salon. Je te prépare un bon chocolat chaud et nous allons te changer les idées.

- Merci, mom.

Rien de mieux qu'un breuvage chocolaté pour remettre mes esprits en place! Passer par mon estomac est le meilleur moyen de me réconforter; ma mère l'a compris il y a longtemps!

Chapitre 3

Joyeux Noël!

Toute la famille du côté de ma mère vient chez Jiji aujourd'hui. La fête durera jusqu'aux petites heures du matin. Stéphane, le frère de ma mère, et Christine, sa femme, viennent avec les jumeaux et leur nouveau bébé. Je vais pouvoir le câliner! J'adore les bébés, les bercer, les faire boire... Ce n'est pas pour rien aussi que j'aimais beaucoup les poupées quand j'étais jeune!

Papi et mamie arrivent quelques minutes après eux. Ça fait un bail que je ne les ai pas vus! Mes grands-parents, ce sont des voyageurs. Ils ne sont jamais dans leur maison; d'ailleurs, on se demande bien pourquoi ils en ont une à Montréal.

Ils reviennent tout juste du Brésil. Mon grand-père tenait beaucoup à y aller et c'est un des rares pays qu'ils n'avaient pas encore visités.

Ma grand-mère a son album photos sous le bras. Chaque fois qu'ils font un voyage, elle remplit un album. Ils doivent en avoir une centaine à la maison, bien classés en ordre alphabétique dans la bibliothèque.

Josée et Marc arriveront plus tard en après-midi avec mes cousines Ann et Mia. Ann est entrée au secondaire cette année et Mia a quatre ans de moins qu'elle.

Après le dîner, les enfants de Stéphane et Christine font une petite sieste. Ainsi, ils pourront veiller tard dans la nuit pour la venue du père Noël. Pendant ce temps-là, Raph et moi en profitons pour aller marcher. Il fait doux dehors et j'ai le goût de me dégourdir un peu. Quelques flocons sont tombés dans la matinée et la ville semble avoir enfilé un gros manteau blanc.

- Tu devrais venir à Sainte-Patrie. Venir voir où j'habite.

- Mes parents m'en ont déjà parlé. Mais tu sais, avec le hockey, ça prend tout mon temps libre... Mais je crois que ça pourrait être possible pour la semaine de relâche.

- Tu pourrais venir en autobus, ce serait vraiment *cool*!

- Tu as raison. Ce serait encore mieux que d'y aller avec mes parents. J'ai si hâte d'avoir mon permis de conduire!

Ensuite, je lui parle d'Antoine, et il me parle de sa nouvelle blonde Audrey. Il est avec elle depuis plusieurs mois. Il me montre même une photo d'elle qu'il traîne dans son portefeuille. Il est romantique mon cousin! Je lui parle de mon école, du passage de Samuel dont je m'ennuie déjà. Les sujets de discussion ne manquent pas. On aurait dit que je ne me rappelais plus comment la complicité entre Raphaël et moi était forte. Ça me fait du bien de parler avec quelqu'un d'extérieur à ce qui se passe dans ma vie… et qui a le goût de m'écouter! Je ne comprends pas pourquoi je n'ai pas conservé les liens avec lui quand je suis partie. J'étais trop fixée sur Kassan-

L'odeur des œufs me tire de mon sommeil. Jiji prépare un copieux déjeuner. Il ne reste que notre famille et celle de Stéphane, puisque eux aussi vivent en dehors de la ville. J'ai dormi dans le salon sur un matelas avec mes cousines, Raphaël a prêté sa chambre à Stéphane et Christine et a dormi sur le canapé, tandis que mes parents se sont installés dans la chambre de visite. La maison de ma tante n'est pas si grande, mais nous venons toujours à bout de s'accommoder!

Après m'avoir brossé les dents, j'entre dans la cuisine pour donner un coup de main à ma tante. La grande table de la veille est encore placée au centre de la cuisine, alors j'y pose les couverts.

Stéphane et sa famille partent après le déjeuner car ils ont un autre souper ce soir, cette fois du côté de la famille de Christine. Ils ont donc beaucoup de route à faire aujourd'hui. Il ne restera que nous ce soir. Ma tante a décidé de faire une raclette puisque nous ne serons que six. J'adore tellement ce genre de souper!

Pour le lendemain, je propose un souper de mets chinois à la famille.

- Bonne idée, lance Patrick.

- On pourrait ensuite aller au cinéma, il y a plusieurs bons films, renchérit mon père.

Tout le monde semble d'accord. Rendus au cinéma, je sais que Raphaël et moi pourrons choisir notre film et les parents le leur.

Je réalise que ces petits moments avec la famille me manquent. J'aime beaucoup Sainte-Patrie et je ne veux pas partir de là. Mon univers est maintenant là après tout : mes amies, mon école... et Antoine. Sauf que nous pourrions venir à Montréal plus souvent!

Tout le monde dort dans la maison, mais moi, je n'arrive pas à fermer l'œil. Je m'ennuie de mes amis, mais d'Antoine surtout. Il y a si longtemps que nous n'avons pas jasé pour vrai. Pas juste un futile « bonjour, comment ça va? » mais bien comme nous le faisions ensemble, avant. Avant Catherine. Avant qu'il me plaque.

Pour m'aider à sortir tout ce brouhaha de ma tête, je prends papier et crayon et je décide de lui écrire une lettre.

Salut Antoine!

Comment vas-tu? Moi je vais mêlée. Très mélangée même.

Mon cerveau est confus. On dirait que j'ai plein de choses à te dire, mais malheureusement, on ne se parle plus beaucoup. Pas assez en tout cas pour te dire ce que j'aimerais te dire. Je trouve ça dommage car j'aimais tellement quand on allait marcher et qu'on parlait de plein de trucs! Pourquoi en si peu de temps, nous avons perdu toute cette complicité? Je croyais tellement que ça avait cliqué entre nous deux.

Tu sais, quand tu m'as laissée, je n'ai pas juste perdu mon amoureux, mais aussi mon ami. Car ce n'est pas revenu comme au début. Oui, on se parle un peu quand on se voit, mais c'est loin d'être comme avant. Comme s'il y avait un malaise entre nous deux. Penses-tu qu'il y a

de petites chances qu'on rede-
vienne au moins de vrais amis?
Je ne crois pas que j'en demande tant que ça!

Tu sais, je crois que si on voulait, on pourrait faire de nouveau des activités ensemble. Bon,
j'imagine que ça ne ferait pas
tellement l'affaire de ta nouvelle blonde... mais je m'en fous,
car elle ne peut pas t'empêcher
d'avoir des amis, non?

En tout cas, tout ce que je
veux te dire, c'est que j'attends
juste que tu fasses un pas vers
moi pour que notre relation puisse redevenir comme avant.
Moi je suis beaucoup trop timide pour le faire, et je sais
que tu l'es tout autant que moi...
Mais je continue à espérer que
tu feras les premiers pas vers

moi... comme la première fois.
Je croise les doigts...

Ton amie pour toujours, du
moins je l'espère,

Khelia xx

Bon, les chances que je lui remette
cette lettre sont quasi nulles, mais ça fait
du bien d'écrire ses émotions sur papier!

Chapitre 4

Retour au quotidien

Les vacances, c'est toujours plaisant, mais de retourner à notre quotidien, ce l'est beaucoup moins! Le temps file trop vite. Je suis déjà assise dans l'autobus scolaire et le temps des Fêtes est terminé. Jean-Thomas est à mes côtés, comme tous les jours. Il n'a pas l'air dans son assiette ce matin.

- Tout est sous contrôle?

- Oui, oui...

Je ne suis pas très convaincue, mais comme il ne semble pas vouloir parler, je m'abstiens de poser plus de questions. Je commence enfin à comprendre que lorsqu'on est trop curieux, ça nous retombe parfois sur le nez.

Dès que je débarque de l'immense autobus jaune, la première chose que j'aperçois, ce sont les beaux yeux d'Antoine. Je me dirige vers lui en cherchant du regard sa blonde.

- Salut, Antoine!

- Allô, Kel. As-tu passé de bonnes vacances?

- Oh oui, tu veux que je te raconte? Tu
es seul?

- Oui. Je viens d'arriver.

- Catherine n'est pas avec toi?

- Euh, non. Je ne sais pas où elle est, ré-
pond-il en regardant par terre.

Il reprend :

- Viens, allons à la cafétéria. Raconte-
moi ton temps des Fêtes.

Wa ouh! La glace est brisée. C'est bon
signe! Est-ce le rapprochement espéré?

C'est bizarre par contre. Il y a quelque
chose qui cloche. Peut-être s'est-il chicané
avec Catherine? D'habitude, elle le suit par-
tout comme un chien de poche. Là, elle ne
donne aucun signe de vie... Le pot de colle
n'est pas là... Il y a anguille sous roche!

Peu de temps après que nous nous sommes assis à une des nombreuses tables à dîner, Noémie se joint à nous. Elle se place juste à côté de moi et me fait de drôles de mimiques dont je n'arrive pas à comprendre la signification. Je lui donne un coup de coude en guise de réponse. Après quelques minutes de ce cirque qui n'en finit plus, Antoine se lève d'un bond. Je dispute mon amie.

- Bravo! Il est parti là!

Nous nous retournons pour voir où il va. En fait, il se dirige vers Catherine. Je profite de cet instant pour questionner mon amie.

- Qu'est-ce qui se passe, Noémie?

- À toi de me le dire!

- Hein? Mais dire quoi? Il n'y a rien à dire!

- Mais Antoine?

- Antoine? Il n'y a rien avec Antoine. Làche-moi le Antoine! réponds-je sur un ton plus sec que je l'aurais voulu en réalité.

Au même moment, nous nous retournons de nouveau avec un synchronisme parfait en direction d'Antoine et Catherine. Il lui remet une lettre, bien pliée. Elle regarde le plancher. Il revient dans notre direction sans l'embrasser. Je donne un coup de coude à Noémie pour qu'elle se retourne, question que nous n'ayons pas l'air de l'espionner, même si c'est le cas. Déjà qu'il a dû nous trouver sottes avec nos coups de coude et nos regards suspects.

Il se rassoit devant nous, sans dire un mot. Noémie ose lui demander :

- Ça va, Antoine? Tu as l'air tout drôle.

- Oui, oui. De quoi on parlait déjà?

Lorsque la cloche sonne, Antoine nous quitte pour aller au gymnase tandis que je me rends en direction de mon casier avec Noémie.

- Il faut que tu découvres le contenu de cette lettre! me lance mon amie.

- Pourquoi? Ça ne me regarde pas.

C'est vraiment moi qui parle? Wow! Je suis si curieuse de nature que je me surprends moi-même avec cette réponse. En plus, c'est tellement faux ce que je viens de dire, je voudrais vraiment savoir ce qu'il lui dit dans cette lettre!

- Je suis sûre que ça te concerne!

C'est alors que Noémie me dévoile qu'elle est persuadée qu'Antoine veut encore sortir avec moi. Probablement même que la lettre, c'en est une de rupture.

Il est possible qu'Antoine ne soit plus avec Catherine. C'est réaliste comme supposition. Mais qu'il la laisse pour moi? Oh, non! Je ne crois pas aux contes de fées!

- Je te le dis, Kel! J'ai des bonnes raisons de croire qu'il veut reprendre avec toi…

- Même si c'est le cas, il faudrait que moi aussi je veuille reprendre avec lui. Je ne suis pas un yo-yo!

- Kel! Voyons! C'est ton Antoine, tout le monde le sait, ça…

- Non! Arrête. C'est n'importe quoi. Je ne veux plus en parler de toute façon.

De quoi elle parle? « C'est ton Antoine, tout le monde le sait… » Voyons! Il ne m'appartient pas. Et… et… Je ne suis pas une girouette quand même. Il ne peut pas me reprendre quand ça lui tente.

Je tiens à Antoine, mais pas à n'importe quel prix!

Noémie est assise à côté de moi lors de ce premier cours du matin. Je sais que je devrais me concentrer sur ce que le professeur dit, mais je n'y arrive pas. Alors, plutôt que de l'écouter, je passe plus de temps à écrire des petits mots à Noémie. Comme l'enseignant écrit beaucoup au tableau, eh bien, il ne voit pas ce qui se passe derrière lui.

Le sujet principal de notre conversation : le voyage et… Antoine.

Je n'arrive pas à décrocher de ce que Noémie m'a dit juste avant le cours. Je veux qu'elle me dise ce qu'elle sait. Quelles sont ses bonnes raisons de croire qu'il veut reprendre avec moi, hein ?

En arrivant à la maison, je saute directement sur le téléphone. J'ai entrevu Maylis à la cafétéria aujourd'hui, mais sans plus. Elle s'est faite si discrète aujourd'hui que je n'ai pas eu l'occasion de lui parler. Coup de chance, elle est à la maison et c'est même elle qui répond.

Après les salutations d'usage, je sens déjà que quelque chose ne va pas, mais je n'arrive pas à mettre le doigt dessus.

- Cette semaine, je suis supposée être chez mon père. Mais ma mère se sentait un peu seule alors je suis venue passer la soirée ici.

- Retournes-tu dormir chez ton père?

- Ça dépend.

- De quoi?

Et là, le chat sort du sac.

- Si elle est là, réplique Maylis.

- Qui ça, elle?

- Au jour de l'An, mon père nous a fait une surprise d'enfer : il s'est fait une nouvelle copine. Elle s'appelle Martine.

- Fallait s'y attendre… osé-je souligner.

- Peut-être, mais elle a dix ans de moins que lui! s'exclame-t-elle.

- Oh! Je vois.

- Je ne veux pas d'une belle-mère, et encore moins d'elle.

- Je comprends. En as-tu parlé à ton père?

- Évidemment. Mais tu sais, les adultes nous répondent toujours qu'ils sont capables, eux, de prendre des décisions, que ce sont, eux, les adultes. Mon père m'a accusée de la juger beaucoup trop vite et m'a dit que je devrais plutôt prendre le temps de la connaître…

- Je connais ce genre de discours. On dirait mon propre père qui parle, le sacrosaint Alain Charbonneau! Veux-tu que je passe te voir après souper? Je n'ai pas de devoirs ce soir, alors j'ai le temps.

- Ok, on se voit tantôt.

Après avoir raccroché, comme j'ai du temps libre, j'en profite pour aller *chatter* un peu avant le souper.

Raph est connecté, alors je prends de ses nouvelles.

Je regarde qui est dans la liste des gens connectés et je vois Catou (cœur brisé).

Oh! Noémie avait raison sur ce point-là! Antoine et elle ne sont plus ensemble. Je me demande si c'est à cause de la lettre. Je m'en doutais tellement que ça ne durerait pas ces deux-là… mais je n'aurai pas cru qu'Antoine était pour rompre… même si ça me fait un peu plaisir en dedans de moi.

Une fenêtre s'ouvre :

ANtOiNe dit :

- **Salut Kel!**

- **Comment vas-tu?**

✿ **Kel** ✿ **dit :**

- **Je vais bien.**

- **Toi?**

ANtOiNe dit :

- **Super.**

• **Je voulais savoir... Est-ce que tu as le goût d'aller au parc ce soir?**

Aller au parc? Wow! On dirait qu'il a eu la lettre que je lui ai écrite... mais jamais envoyée! Ou bien il a un super pouvoir comme ma mère et peut lire dans mes pensées!

Eh flûte! J'ai dit à Maylis que j'allais la voir... Je ne peux pas vraiment annuler. Qu'est-ce que je fais? Maylis avait l'air de filer un mauvais coton au téléphone, elle a besoin de moi. Je ne peux pas la laisser tomber. Une amie ne fait pas ça. D'un autre côté, Antoine n'est plus avec Catherine. C'est l'occasion rêvée d'être seule avec lui pour lui parler. Moi qui voulais me rapprocher de lui, c'est le moment parfait. Je ne peux quand même pas rater cette chance-là. Sauf que si je vais au parc avec Antoine, il croira peut-être que je veux retourner avec lui. Mais ce n'est pas le cas. Enfin, je pense que je veux seulement être amie avec lui... ou je veux plus? Ça y est, je repars dans un combat incontrôlable d'émotions... Mon cœur et mon cerveau se chamaillent... Lequel dois-je écouter?

ANtOiNe dit :

• **Allô?**

Je prends beaucoup de temps à répondre. Qu'est-ce que je fais? Je dois prendre une décision maintenant.

ANtOiNe dit :

• **Kel, es-tu là?**

À contrecœur, je finis par répondre :

✪ **Kel** ✪ **dit :**

• **Désolée, je suis allée me chercher une collation.**

• **Je ne pourrai pas ce soir, j'ai déjà autre chose...**

• **Demain, qu'en dis-tu?**

ANtOiNe dit :

• **Demain, je ne peux pas... On se reprendra.**

✪ Kel ✪ dit :

• Quand?

ANtOiNe dit :

• Je dois déconnecter, mon frère a besoin de l'ordi. Bye!

Sapristi! J'ai raté ma chance.

Chapitre 5

Surprise?

Pour mes parents, le meilleur moment pour faire une déclaration, c'est durant le souper. Ils savent que je ne quitterai pas la table tant que mon assiette n'est pas terminée, car j'aime trop manger. En plus, c'est l'un des seuls moments de la journée où nous sommes réunis tous les trois.

Mon père lance sa phrase fatidique :

- Khelia, il faut qu'on se parle.

Je déteste quand il utilise cette formule qui annonce les reproches, comme la plupart du temps.

- Quelqu'un prendra la chambre de Samuel dès ce soir.

Mon père voit très bien ma réaction. Mon visage s'alourdit, je regarde le fond de mon assiette de pâtes.

- Samuel ne reviendra pas?

- Il semble que non. Et nous avons eu un téléphone tantôt pour un nouveau placement de 30 jours.

Je le savais très bien que ça pouvait se produire, mais au fond de moi, j'espérais que Samuel reviendrait. Sa présence dans la maison me manque.

- A-t-on une idée de qui c'est?

- À part qu'elle a douze ans et qu'elle ne veut plus vivre chez ses parents, non. Le travailleur social m'a seulement dit qu'elle a manifesté la volonté de partir en famille d'accueil.

L'idée d'une nouvelle personne dans la maison me tourmente. Je change donc délibérément de sujet :

- Je peux aller chez Maylis ce soir?

- Après l'arrivée de Carolanne, oui.

Un choc. Et tout un.

Carolanne est dans le vestibule. Rien à

voir avec le portrait que je m'étais fait. Elle a l'air d'une délinquante! À lui voir l'allure, elle s'entendrait bien avec la nouvelle Kassandre. On lui voit à peine le visage car ses longs cheveux avec des mèches roses le cachent. Elle porte des vêtements deux fois trop grands, mis à part un espèce de t-shirt trop court en dessous. Et elle a l'air d'avoir plus de douze ans! Après réflexion, je me rappelle l'avoir déjà croisée quelques fois à l'école; pas très souvent car elle se tient presque toujours dehors. Et si je me fie à la description que mes parents m'ont faite, elle ne doit pas se tenir souvent à ses cours non plus!

Je me présente à Carolanne. Elle me grogne un bonjour.

Nous lui montrons sa nouvelle chambre, dont, je dois dire, les couleurs ne sont pas très appropriées pour elle. Quand ma mère s'en excuse, Carolanne lui répond :

– Bah, ché les Cousineau, y m'avaient

faite une chamb' rose nanane. C'est déjà mieux.

Sapristi, enlevez-lui la patate chaude qu'elle a dans la bouche quelqu'un! Je parle comme un prof-de-français-méga-pincé à côté d'elle!

Mon père me fait signe de la tête que je peux filer chez Maylis. Sauvée! Merci mon petit papa! Je fous le camp avant qu'il change d'idée. J'enfile mon manteau et mes bottes en un temps record et prend la poudre d'escampette assez vite que même mon ombre a peine à me suivre!

En entrant dans la cuisine chez Maylis, j'aperçois Tommy assis à la table de la cuisine. Zut! Avoir su qu'elle avait de la compagnie, j'aurais pu me décommander pour Antoine. Je me suis fait avoir!

- Salut Tom! Que fais-tu ici?

- Je suis seulement venu porter des partitions pour Simon.

- Ton frère joue de la guitare? demandé-je en me tournant vers mon amie.

- Il commence. Il a pris un cours de musique au cégep et là, il est devenu un vrai accro.

- Je repars. À la prochaine, les filles, termine Tom.

Maylis m'invite à aller au sous-sol pour qu'on soit plus tranquille pour discuter. Je la suis, sans dire un mot. D'ailleurs, je me demande bien ce que je vais lui dire… Son père a une nouvelle blonde, ce n'est pas la fin du monde. Elle devra s'habituer. C'est aussi insipide que ça.

Disons que je n'ai jamais connu cette situation, alors je ne suis pas celle qui peut faire preuve de plus de compassion. Sauf que j'essaie de me mettre à sa place et je comprends que pour elle, ce sont tous les espoirs que ses parents reviennent ensemble qui s'envolent.

Contre toute attente, Maylis ne fait pas mention de ses parents. Ni de son père, ni de sa mère. Elle propose plutôt une bonne partie de zapette à la télévision. C'est très simple : il s'agit de s'écraser profondément dans le canapé et de changer de canal aux dix secondes environ. Le résultat est parfois très drôle, car le mélange des sujets donne un ensemble assez farfelu. Mes parents détestent quand je fais ça, mais moi, je trouve cette activité plutôt rigolote. Ils trouvent que c'est une perte de temps, mais pour se changer les idées, c'est efficace !

Je crois que Maylis avait besoin davantage de compagnie que de parler. Qu'est-ce qu'elle aurait eu à expliquer de plus que ce qu'elle m'a dit au téléphone ? Si elle était restée seule, elle aurait passé la soirée à ronger son ennui et à ne penser qu'à ça. Au moins, je me sens utile en sachant que je l'aide à passer un meilleur moment.

De mon côté, je ne parle pas de la nouvelle qui est arrivée chez moi. Je n'ai rien à dire à propos d'elle et je trouve sincèrement que nous passons un bon moment, mon amie et moi. Je n'ai pas le goût de le gâcher en parlant de problèmes.

- Il faut que je rentre, dis-je après plus de deux heures de zapette.

- OK. On se voit demain, à l'école.

En arrivant à la maison, je me dirige vers le salon. Mes parents regardent un documentaire à la télévision.

Seuls.

- Où est Carolanne?

- Enfermée dans sa nouvelle chambre, répond mon père avec un soupçon de tristesse dans la voix. Elle écoute de la musique du diable…

- Elle nous a à peine parlé et elle est descendue sans dire un mot, précise ma mère.

- Oh! Je vais profiter de ce moment pour aller me présenter plus officiellement.

Je cogne. Rien. Elle ne répond pas. Je colle mon oreille sur la porte pour écouter. J'entends seulement de la musique heavy metal – du diable, comme pense mon père.

- Carolanne? Tu es là? Je peux entrer?

Elle ne répond toujours pas. Qu'elle est bête cette fille!

Je tourne la poignée et ouvre tranquillement la porte. J'avance la tête dans l'embrasure.

Elle n'est pas là! Eh zut! Elle ne perd pas de temps, elle!

Je retourne en haut, sans dire un mot, et je vais sur l'ordinateur, au cas où je pourrais rattraper Antoine. Re-zut! Il n'est plus là.

Mon père vient me voir.

- Et puis? Ça n'a pas été long avec Carolanne!

- Euh…

Pense vite Khelia! Tu n'es pas un panier percé, trouve une excuse pour la couvrir.

- … elle était fatiguée alors je l'ai laissée se reposer. Nous allons jaser davantage demain, sur le chemin de l'école.

- OK. Merci, ma grande fille.

Ouf! Je l'ai échappé de justesse.

Pourquoi je protège cette fille-là au juste? Elle est bête, je ne l'aime pas du tout et nous n'avons rien en commun. Mais la petite voix dans ma tête me dicte de la couvrir quand même.

Je continue à flâner sur le Net. Ma boîte de courriels contient cinq nouveaux messages. Tant qu'à y être, aussi bien voir ce que c'est. Un pourriel, deux pourriels… Adam!

Je l'avais presque oublié celui-là! C'est d'ailleurs la raison pour laquelle il m'a récrit. Pour que je ne l'oublie pas. Il aura son permis de conduire très bientôt, soit dans deux semaines. Il propose de venir me voir. *Cool*! Je suis contente d'entendre parler de lui. J'ai surtout très hâte de le revoir et… de le présenter aux filles. Je suis sûre qu'elles seront impressionnées! Il est beau gars, en plus d'être plus vieux que nous. Je pourrais même en profiter pour en rendre un jaloux du même coup…

En prenant bien soin de transférer le courriel dans mon dossier « Faut surtout pas jeter! », je passe à mon prochain courriel.

Antoine!

Salut Kel, juste pour te dire que samedi je suis libre, alors si tu as le goût de faire quelque chose, ben tu me le diras… Désolé d'avoir terminé la conversation rapidement tantôt, mon frère ne me lâchait pas.

Bye!

Antoine

Ah ben! Je ne m'attendais pas à ça!

C'est tellement plus – même trop – facile de s'excuser par courriel… Mais c'est quand même une belle attention de sa part, voire surprenante!

Bing!

Qu'est-ce que c'est?

Je m'assois carré dans mon lit. Je regarde le cadran : il affiche 11 h 30. Après quelques secondes pour me ramener à la réalité, je comprends que ce doit être Carolanne qui arrive. J'ai sûrement entendu ce bruit parce que nos chambres sont tout près l'une de l'autre.

Comme je suis fâchée d'avoir été obligée de la couvrir, je me rends directement dans sa chambre, sur la pointe des pieds. C'est l'avantage d'être au sous-sol, les bruits de pas sont silencieux! Comme un taureau en furie devant une nappe rouge qui vole au vent, je ne cogne même pas, j'ouvre la porte toute grande et je la referme dès que je suis entrée. Je m'appuie contre la porte et regarde sévèrement Carolanne.

- Ah! Tu m'as foutu la chienne! R'fais pu ça!

C'est sa réponse à elle, ça. Je l'ai protégée et c'est tout ce qu'elle réussit à me grogner.

- Hé! Je t'ai protégé. Si mes parents t'avaient attrapée…

- Quessé qui auraient fait tes vieux?

- Ben… Ils t'auraient punie.

Je me sens nouille là.

- J'm'en fous ben raide.

Avoir su, je n'aurais pas menti pour

elle. Sapristi!

- En tout cas, c'est la dernière fois que je te couvre. À demain.

Elle est détestable, elle. Dire qu'elle doit rester ici pour au moins un mois!

Chapitre 6

Dégringolade

Carolanne se lève à la dernière minute ce matin pour l'école. Je suis en train de déjeuner quand elle arrive à table, habillée d'une façon affreuse, voire quasi effrayante. Elle n'a jamais entendu parler de la mode, elle? Elle est même encore plus mal vêtue que lorsque j'ai vu Kassandre la dernière fois! Est-ce que c'est un nouveau style en vogue dont je n'ai jamais entendu parler?

J'avale ma dernière bouchée de céréales, me lève aussitôt et agrippe mon sac. J'ai promis à mes parents de me rendre à l'arrêt d'autobus avec elle et comme mes parents me font confiance, eh bien, je n'ai pas le choix!

Pendant le peu de chemin que nous avons à faire à pied, nous nous adressons à peine la parole. Je crois qu'elle ne m'aime pas vraiment, mais comme c'est réciproque, je m'en fiche. J'essaie tout de même de lui faire la conversation. À part me dire qu'elle trouve que ses vieux sont arriérés, qu'elle a juste hâte d'avoir son appartement pour avoir la paix, elle n'a pas grand-chose à dire. Tout un discours : la vie c'est con, les parents sont cons, l'école c'est pour les débiles...

En entrant dans l'autobus, je vais vers Jean-Thomas pendant qu'elle se dirige vers l'arrière pour s'asseoir avec un bum de troisième. Enfin, le supplice est terminé. Dire que je vais devoir endurer cette enfant gâtée pendant un mois !

Nous avons une rencontre ce midi avec les élèves impliqués dans le voyage. Noémie est un peu nerveuse car elle pense que les sous ne rentrent pas assez rapidement. Je trouve qu'elle exagère. Elle panique vraiment trop! Il n'y a pas de quoi faire une crise de nerfs! Bon, nous avons ramassé environ 10 % du budget en quatre mois. Elle a raison, ce n'est pas tant que ça. Mais nous n'avons fait que quelques activités jusqu'à maintenant, alors si on redouble d'ardeur, nous y arriverons.

Reste à convaincre Noémie…

Nadia, l'enseignante impliquée dans le projet, sera également présente. Elle nous donne beaucoup de son temps. Elle est vraiment la meilleure professeure de l'école!

Après parlé des problèmes monétaires du projet, Nadia intervient :

- Si la situation ne se rétablit pas, j'ai une proposition à vous faire pour éviter que le projet tombe à l'eau.

Nous sommes suspendus à ses lèvres, attendant impatiemment qu'elle continue.

- Peut-être que ça ne vous plaira pas, mais une solution serait de considérer une autre destination moins chère.

Noémie lâche un énorme soupir.

- Nadia! N'y a-t-il aucune autre solution à envisager?

- Ce n'est qu'une proposition, mais certaines destinations sont moins chères et vous permettraient de continuer vos démarches. Vous n'avez pas à choisir tout de suite, mais réfléchissez-y. C'est une option qui réglerait vos problèmes.

Je vois bien que cette option ne convient pas du tout à Noémie. Elle a les yeux vitreux, comme si elle était pour se mettre à pleurer. J'essaie de lui lancer un regard qui veut dire : « ne t'en fais pas, tout va s'arranger ». À voir sa réaction, je ne suis pas sûre que ce que j'essaie de lui dire comme message est réconfortant pour elle.

Pourtant, je ne vois pas pourquoi elle tient tant à aller à Londres. Il y a plein d'autres destinations vraiment *cool*, même si nous ne quittons pas le continent. Il n'y a pas qu'en Europe qu'il y a des trucs intéressants. Les États-Unis, le Mexique, l'Ouest du Canada... À tous ces endroits, nous pouvons apprendre une langue étrangère.

À la fin de la rencontre, je l'apostrophe et lui dis :

- Allez, suis-moi. On va à la biblio.

Elle me répond par un regard interrogateur.

En marchant dans le corridor, je lui explique :

- Trouvons d'autres places intéressantes. Après, nous chercherons sur internet pour comparer les prix. Je suis certaine qu'en regardant les photos dans les livres, tu vas te sentir inspirée.

- Ouin.

- Pourquoi tiens-tu à aller à Londres?

- Ben... Ma voisine y est déjà allée et elle n'arrête pas de m'en parler. Ça m'énerve un peu... Si je pouvais la faire taire une fois pour toutes, ce serait bien.

- Tu ne crois pas que si tu allais ailleurs, elle serait encore plus impressionnée? Tu lui parlerais d'une place qu'elle n'a jamais vue. Ça lui en boucherait un coin, non?

- Ouin, tu n'as pas tort. Fouillons un peu…

On dirait qu'aujourd'hui a été décrété journée de la déprime. En arrivant dans le cours d'arts plastiques, Jean-Thomas a l'air complètement abattu.

- Ça ne va pas?

- Non, non, ça va.

- Hum, j'ai de la misère à te croire.

- Bah, c'est le cours de français.

- Et c'est si horrible que ça, les cours de français? dis-je en rigolant.

Un petit sourire à peine perceptible découpe son visage.

- C'est pas mal ça…

- Je ne comprends pas.

- Je n'ai jamais été bon en français et le prof est sur mon dos tout le temps.

- As-tu essayé de lui parler?

- Ben, un peu… mais il ne veut rien entendre. Il me répète tout le temps de me concentrer. Pourtant, c'est ce que je fais! En tout cas…

- Dommage. Peut-être que je peux t'aider? C'est la matière dans laquelle j'excelle. Je pourrais t'expliquer les règles les plus importantes de façon à ce que tu puisses les retenir.

- Ouin. On verra.

Il réfléchit quelques instants et reprend la parole :

- Et toi, comment ça se passe avec le

cher Antoine?

- Hein? De quoi parles-tu? Tu sais très bien qu'Antoine et moi, on n'est plus ensemble.

- Ah ouais? Mais la rumeur dit que vous êtes sur le point de reprendre.

- Mais c'est faux! Qui t'a raconté ça?

- Euh… je… je… ne me souviens plus, bégaie-t-il, comme s'il était pris en flagrant délit.

- Il faut que je parle à Noémie!

- Pourquoi? Ce n'est pas elle qui m'a dit ça.

- Oui, mais je la soupçonne d'être à l'origine de la rumeur! Il n'y a qu'à elle que j'ai parlé d'Antoine récemment.

- Ben voyons, c'est ton amie, elle ne ferait pas ça! J'en suis sûr…

- Tu vas voir… Je vais éclaircir tout ça avec elle.

Je passe le reste du cours à ruminer sur la question. Pourquoi Noémie m'a-t-elle trahie? Elle est allée bavasser quoi au juste à toute l'école?

Voyons, je suis son amie! Je n'aurais jamais osé faire ça, moi! Sapristi! C'est la dernière fois qu'elle me fait ce coup-là comme ça.

Jean-Thomas essaie, en vain, de me changer les idées.

- J'ai fait une gaffe, Khelia. Je n'aurais jamais dû te dire ça.

- Non, au contraire, tu as très bien fait!

J'ai cherché Noémie toute l'heure du dîner, mais je ne l'ai vue nulle part. Finalement, j'ai fini par apprendre de la bouche de Mathilde que sa mère l'emmenait manger au restaurant ce midi. Zut alors! Je pars à mon cours encore plus fâchée. On dirait que toute cette histoire ne fait que me ronger. Grrrrrr.

Au dernier cours de la journée, Noémie est assise derrière moi. Malheureusement, je suis arrivée à la toute dernière minute, tout juste avant la cloche, alors je n'ai pas eu le temps de lui parler. J'essaie de lui faire des signes pour qu'elle comprenne que je dois absolument discuter avec elle après la période, mais la matière est si difficile aujourd'hui qu'elle a à peine le temps de me regarder. L'enseignante nous fait prendre des notes comme si nous étions des machines à écrire. J'en ai même mal au poignet d'écrire autant!

Après le cours, je me dépêche de d'accrocher Noémie avant d'aller prendre l'autobus. Je dois lui parler maintenant. Ce que Jean-Thomas m'a dit plus tôt me tracasse au plus haut point : ma nature curieuse l'emporte, je suppose.

- Noémie, il faut que je te parle.

- Oui, qu'y a-t-il?

J'attaque tout de suite, sans trop réfléchir à ce qui va sortir de ma bouche :

- Pourquoi dis-tu à tout le monde qu'Antoine et moi, on va retourner ensemble quand tu sais très bien que ce n'est pas vrai?

- Je n'ai jamais dit ça…

- Ah oui? Alors pourquoi quelqu'un m'en a parlé tantôt? Je sais très bien que tu es derrière tout ça. Tu n'es qu'une pie! Je ne peux même pas te faire confiance. Sapristi!

- Avant de m'accuser, tu devrais peut-être t'assurer de la source, car je n'ai jamais rien dit de tel. Et tu m'insultes vraiment en disant des choses pareilles. Franchement!

- Tu es la seule qui sais ce que je pense d'Antoine. Qui d'autre aurait pu partir ça?

Je ne te pensais vraiment pas de même!

- Tu sauras Khelia Lanthier-Charbon-
neau que si tu étais plus discrète, ce ne serait pas tout le monde qui serait au courant
de tes amours!

- Comment ça, plus discrète? Voyons,
je ne crie par sur tous les toits ce qui se
passe dans ma vie privée!

Mon ton a vraiment monté, beaucoup
trop, ce qui entre totalement en contradic-
tion avec cette phrase que je viens de lancer. Oups!

C'est alors qu'une vraie querelle éclate
entre nous deux directement dans le corridor. Je commence à regretter de l'avoir
accusée comme ça, on dirait qu'un doute
s'est installé dans ma tête. Mais mon orgueil prend le dessus, alors je tranche :

- Tu n'es qu'une hypocrite!

Et je pars, sans même attendre la
réplique de Noémie.

Assise dans l'autobus, je n'ai pas la tête à m'amuser. Il est rare que je me chicane ainsi avec une amie. Je suis pleine de remords. J'aurais dû me rappeler qu'il faut se tourner la langue sept fois avant de parler.

Qu'est-ce qui m'a pris?

Chapitre 7

Malheur en vue!

J'ai attendu un appel de Noémie toute la soirée, mais rien. De mon côté, je n'arrive pas à prendre l'appareil et composer son numéro. Je suis allée voir également sur internet, mais elle ne s'est pas branchée. À moins qu'elle m'ait barrée? Je la comprendrais. J'ai été une vraie… une vraie…

Noémie n'est pas rancunière, habituellement. Mais j'ai peut-être été trop loin et qu'elle ne voudra plus me parler. Jamais. Oh! Dans quel pétrin je me suis mise, moi, avec ma grande trappe?

J'enfile mon long manteau, mes bottes les plus chaudes, enfonce ma tuque jusqu'aux yeux et glisse mes mains dans les grosses mitaines que ma grand-mère m'a tricotées. Eh, oui! Même si ma grand-mère passe son temps à voyager d'un pays à l'autre, elle est aussi capable de tricoter des mitaines pour tous les enfants de la famille.

Avant de placer les écouteurs de mon

MP3 sur mes oreilles, j'avertis mes parents de mon départ.

Le froid me surprend lorsque je mets le pied dehors. Allez, j'y vais quand même.

Dans ma tête, la chicane avec Noémie revient sans cesse. Je ne peux m'en empêcher. Et si j'arrive à avoir un répit et que je n'y pense pas, c'est le visage d'Antoine qui apparaît sur écran géant. Avec ses beaux yeux, ses petites lunettes qui trônent sur le bout de son nez, sa façon un peu gênée de sourire...

Khelia! Reviens sur terre. Arrête de penser à lui comme s'il était parfait. Il ne l'est pas! Comme je reprends le dessus sur mes pensées, je lève la tête et je vois la maison d'Antoine. Mes pas m'ont guidée jusqu'ici sans que je m'en rende compte! C'est fort... Rapidement, je passe devant sa maison en essayant de ne pas trop regarder.

On dirait que mon cerveau est à *spin*

comme la laveuse de ma mère.

Maintenant, c'est l'air bête de Carolanne qui me vient en tête. Quand j'y pense, elle fait vraiment pitié. Pas de la même façon que j'avais pitié de Samuel, mais plutôt parce qu'elle est si révoltée. Je sais que je ne suis pas toujours commode, mais je n'aurais jamais voulu partir de chez mes parents pour aller vivre chez des étrangers sans raison valable. En tout cas, il faut toutes sortes de monde pour faire un monde y paraît!

Je ne sais pas pourquoi, mais je repense de nouveau à Noémie. Je dois absolument lui parler demain. Je vais marcher sur mon vieil orgueil-mal-placé-tout-pourri et m'excuser. Toute cette chicane est de ma faute et c'est à moi de la régler. Je ne veux surtout pas perdre ma meilleure amie pour des pacotilles!

Cette marche m'a revigorée, je me sens tellement mieux!

Ce matin, j'angoisse à l'idée de croiser Noémie. En plus, nous avons eu l'air folles de nous engueuler dans le corridor, devant tout le monde, sans aucune retenue. Qu'est-ce que le monde va penser?

Je suis assise à la cafétéria avec Maylis. Avec son tac légendaire, elle me lance :

- Il paraît que Noémie et toi avez fait toute une scène hier…

- Comment tu sais ça?

- Tout le monde ne parle que de ça ce matin.

- Pas pour vrai! Voyons… c'était stupide. Je dois lui parler. L'as-tu vue d'ailleurs?

- Noémie? Non.

En retournant vers le corridor menant à

la cafétéria, je l'aperçois faire son entrée.

- Je la vois. Je reviens.

Je marche rapidement jusqu'à Noémie.

- Je peux te parler, s'il te plaît?

Elle continue à marcher sans me répondre.

Elle m'ignore!

Le grand Benoît passe au même moment et émet un commentaire désobligeant comme il sait si bien le faire.

- Oh, une bataille de poulettes! Allez, on veut voir ça.

- Tais-toi, espèce de sans-dessein.

- Tu es belle quand tu es fâchée!

- Fous le camp!

Je jette un coup d'œil vers Noémie après ma réplique.

Zut! Elle s'en va! Je n'ai pas le temps de m'attarder aux répliques de Benoît alors je pars après Noémie, sans même porter attention à ce qu'il rajoute.

- Noémie, attends!

Mon interpellation sort plus fort que je ne l'aurais voulu. La moitié des jeunes assis dans la cafétéria se tourne vers moi. Je deviens rouge-cramoisi-pas-loin-d'être-violet. Je voudrais disparaître.

Je cours tout de même en direction de mon amie – du moins, j'espère qu'elle l'est encore après ce que je lui ai dit.

- Noémie, laisse-moi m'excuser.

- Bien. Excuse-toi et va-t'en.

- Non. Écoute. Pardonne-moi.

Elle est déjà repartie vers son casier. Elle prend ses livres et fait comme si je n'étais pas là. J'ai beau lui parler, elle ne bronche pas, ne me regarde pas. Elle m'ignore complètement! C'est encore pire que ce que j'imaginais. Si au moins elle m'engueulait, je pourrais sentir qu'il y a une chance. L'indifférence, c'est comme un couteau dans le cœur.

Elle repart sans dire un mot et moi, je reste plantée là comme un navet.

Comment vais-je me faire pardonner? Elle ne peut pas rester fâchée contre moi pour une pacotille. Elle exagère!

En plus, nous sommes dans le même cours ce matin. Nous avons un travail d'équipe ensemble. Flûte!

Je me rends à mon tour à mon casier et prends mes affaires.

Penaude, je vais vers mon local avec mon air de chien-battu-pris-sous-la-pluie.

En entrant dans la classe, je me dirige droit sur mon amie.

- Allez, parle-moi. On ne peut pas rester fâchées. Je m'excuse, j'ai vraiment gaffé hier. Personne n'est parfait, tu sais. Je n'aurais pas dû t'accuser comme ça… J'ai été idiote, sotte, conne, niaiseuse, immature, nounoune, bête, imbécile, stupide…

Nomme tous les qualificatifs si tu veux.

- OK! OK! Je te pardonne, si tu me promets que tu vas arrêter immédiatement ton moulin à paroles.

À la suite de cette phrase, elle me fait un petit sourire.

Ouf! Quel soulagement!

Sur l'heure du dîner, je rencontre Jean-Thomas dans les casiers. Il est écrasé dans le sien, un cartable sur les genoux. Il a le même air qu'il avait hier. Je me penche vers lui et j'aperçois un gros E rouge sur sa feuille. Ah non! Il a encore échoué un examen de français.

Je m'assois par terre, devant lui. Il ne me regarde pas, il reste le nez plongé dans ses feuilles.

Plusieurs élèves jacassent autour, quelques amis sont réunis à la table de ping-pong de l'autre côté du mur. On peut les entendre s'énerver à des kilomètres à la ronde. Des filles de quatrième se refont une beauté grâce à un miroir aimanté dans l'un des casiers. L'heure du dîner, se passe toujours ainsi à cette école.

Après plusieurs minutes de silence, je casse enfin la glace. Je ne peux pas rester là sans rien dire pendant des heures!

- Ça ne va pas mieux, hein?

Il prend quelques secondes pour répondre.

- Non, pas vraiment.

- Tu sais, ça me ferait réellement plaisir de t'aider.

- Non, ça va aller, Khelia. Merci quand même.

- Tu es sûr que je ne peux rien faire?

- N'insiste pas. S'il te plaît.

Je ne comprends pas du tout pourquoi il ne veut pas que je lui vienne en aide. Son comportement est inexplicable. Il me semble que si j'avais de la difficulté dans une matière, je voudrais que quelqu'un me donne un coup de main. Que les garçons sont orgueilleux!

Au même moment, Noémie passe devant moi.

- Kel! As-tu du temps libre? J'aurais besoin de toi.

Je regarde Jean-Thomas qui me fait un signe de tête du genre « Allez, vas-y, je vais me débrouiller ».

- J'arrive. J-T, on se revoit dans le bus… À plus tard!

Quelques instants plus tard, Noémie et moi sommes assises toutes les deux dans un local, avec d'autres élèves impliqués dans le projet voyage. Nous ne sommes que six personnes, dont Antoine.

Noémie commence :

- Je vous ai fait venir ici parce que vous êtes les personnes les plus impliquées dans l'organisation depuis le début. À la dernière rencontre, Nadia nous a parlé de la possibilité de changer la destination, vous vous rappelez? Avant d'aller voir l'agence de voyages, j'ai pensé qu'on pourrait choisir deux ou trois endroits qu'on préfère.

J'ai l'impression qu'on recommence le travail à zéro!

Nous nous mettons à la tâche et sortons plusieurs idées. Ce soir, Noémie fera les recherches de prix pour s'assurer que les destinations choisies sont moins chères que Londres.

Oh là là! Nous avons encore du pain sur la planche. J'étais certaine que le projet allait bon train. Maintenant, nous faisons marche arrière. Était-ce une bonne idée cette histoire de voyage scolaire?

Chapitre 8

Place à l'espoir

Carolanne n'est pas du monde. Voilà, c'est aussi simple que ça. Elle ne pense qu'à elle, elle se fout complètement de l'autorité. Plus elle se fiche de mes parents, plus ils font tout pour l'amadouer. Elle a trouvé le truc pour avoir toute l'attention en tout cas.

En fait, moi, ce n'est pas ce qui me dérange comme tel, sauf que ça m'énerve royalement d'être dans la même maison qu'elle. Nous sommes presque du même âge, nous pourrions bien nous entendre. Mais elle est trop occupée en vouloir à la terre entière et à se rebeller contre je ne sais quoi... Je me demande bien où elle veut en venir. Nous sommes là pour l'accueillir, elle devrait être bien ici, non? D'ailleurs, je me demande pourquoi elle n'est pas bien chez elle? Ses parents ne sont pas corrects? Ils ne prennent pas de temps pour elle?

C'est vendredi soir et Noémie s'en

vient à la maison dans peu de temps. J'ai dû la convaincre de venir chez moi car lorsque je lui ai parlé de Carolanne, elle a refusé. Elle a utilisé le prétexte de ne pas vouloir déranger étant donné que nous sommes quatre dans la maison. Mais je la soupçonne d'être intimidée par la nouvelle venue chez nous. Noémie se laisse facilement impressionner. Non pas que je sois réellement plus brave qu'elle, mais mon orgueil prend plus de place que le sien. En plus, je suis beaucoup plus chez moi que cette Carolanne, donc elle ne sera pas reine ici, c'est certain. Je ne la laisserai pas faire et surtout, je ne veux pas que mes amis se sentent mal de venir me visiter!

Dès que Noémie arrive, nous nous enfermons dans ma chambre. Lieu de paix assuré. Ma mère est dans son atelier, mon père relaxe devant la télé. Carolanne... je n'en ai aucune idée. Je crois qu'elle est sortie sans la permission de mes parents. Il y a à peine deux semaines qu'elle est là et je crois qu'elle n'a pas obéi à une seule consigne, à part celle d'être assise à table pour le souper. Elle rentre tard, elle dit toujours qu'elle n'a pas de devoirs et je ne suis pas sûre que ses amis sont respectables.

Eh flûte! On dirait encore mon père qui parle. Qu'est-ce qui m'arrive?

- Quand est-ce que tu revois Antoine?

- Demain.

J'étais supposée le voir samedi dernier, mais mes plans ont tombé à l'eau. Nous sommes allés visiter mon grand-père, chose que mes parents avaient planifiée depuis un bout de temps dont je n'étais pas au courant. J'ai dû annuler la soirée que j'avais prévue avec Antoine pour la remettre au samedi suivant. J'était ultra-déçue, mais mon grand-papa était si heureux de nous voir que je n'ai pas regretté du tout d'y être allée.

Noémie me ramène sur terre.

- Et puis?

- Et puis???

- Qu'allez-vous faire? Parle-m'en, s'il te plaît!

Je ne sais pas pourquoi, mais je n'ai pas le goût de parler d'Antoine. Je suis un peu mêlée et surtout nerveuse d'avoir un rendez-vous avec lui. Ça fait tellement officiel!

- Tu n'as pas le goût qu'on parle de son bel ami Jérôme à la place…

Noémie devient rouge-mercure-de-thermomètre.

- No-non! balbutie-t-elle.

- Eh! Mais ça me donne une idée! Je vais au cinéma demain avec Antoine…

- Je le sais déjà, tu ne m'apprends rien.

- Tu pourrais nous accompagner.

- Je n'ai vraiment pas envie de jouer au

chaperon.

- Non, tu ne comprends pas. Jérôme pourrait venir aussi.

- Oh non! Il n'est pas question que tu m'embarques dans tes histoires.

- Allez! Tu serais super de faire ça pour moi. Je serais moins stressée d'être seule avec Antoine et toi, tu pourrais mieux connaître Jérôme.

Je garde le silence quelques secondes et j'ajoute :

- J'ai su qu'il adorait le volley-ball, comme toi. Et qu'il a souvent voyagé avec ses parents…

- Kel, arrête!

- Allez, *please*, *please*!

Je la supplie à genoux, ce qui la fait rigoler.

- OK, soupire-t-elle.

- Allons voir si Antoine est sur internet.

Je grimpe les escaliers à toute vitesse. Mon amie traîne derrière moi.

Coup de chance! Antoine est là.

✪ Kel ✪ dit :

• Allô!

ANtOiNe dit :

• Salut!

✪ Kel ✪ dit :

• Ça va?

ANtOiNe dit :

• Oui, oui! Toi aussi? Qu'est-ce que tu fais de bon?

✪ Kel ✪ dit :

• Pas grand-chose. J'ai pensé à quelque chose pour demain.

ANtOiNe dit :

• ??

✪ Kel ✪ dit :

• Tu pourrais inviter Jérôme.

ANtOiNe dit :

• Jérôme? Pourquoi?

✿ Kel ✿ dit :

• Ben...

ANtOiNe dit :

• ??

✿ Kel ✿ dit :

• Je pourrais de mon côté inviter
Noémie...

ANtOiNe dit :

• Comment tu sais pour Noémie?

✿ Kel ✿ dit :

• Comment je sais quoi?

ANtOiNe dit :

• Est-ce que tu es seule?

✿ Kel ✿ dit :

• Euh... oui.

ANtOiNe dit :

119

• **Noémie n'est pas avec toi?**

✡ **Kel** ✡ **dit :**

• **Non. Elle n'est pas encore arrivée.**

Bon, je sais, c'est un mensonge. Mais un tout petit. Pour avoir la vérité.

Noémie prend la commande du clavier à ma place.

- Hé!

- Laisse-moi écrire deux minutes.

✡ **Kel** ✡ **dit :**

• **Que veux-tu me dire à propos de Noémie?**

ANtOiNe dit :

• **Eh bien... Jérôme serait sûrement content de la voir...**

✡ **Kel** ✡ **dit :**

• **Ah ouais?**

Je reprends le clavier.

ANtOiNe dit :

• Bon, je dois te laisser. On se rejoint au cinéma demain?

✪ Kel ✪ dit :

• Parfait, on se voit à 18 h 45 devant le cinéma. Tu me confirmes pour Jérôme?

ANtOiNe dit :

• Bien sûr! Je t'appelle demain en après-midi.

✪ Kel ✪ dit :

• Parfait! Bye!

ANtOiNe dit :

• Bye, ma belle.

Ma belle! Il a écrit ma belle! Noémie fait d'ailleurs un petit commentaire à ce sujet.

- Ma belle! Ouin…

Je me contente de lui faire une grimace comme réponse.

Chapitre 9

Ciné et maïs soufflé

C'est samedi après-midi et je pars pour aller me préparer chez Noémie. Je soupe chez elle et ensuite, sa mère nous conduira au cinéma vers 18 h 30, où on doit rejoindre les garçons.

Lorsque j'arrive chez mon amie, je vois qu'elle ne tient déjà plus en place, même si elle tente tant bien que mal de le cacher. Son rire nerveux la trahit. C'est la première fois qu'elle a un rendez-vous galant et ça lui met les nerfs en boule. Au contraire, moi je suis plutôt inquiète. Je ne sais pas trop ce qui va se passer avec Antoine. Peut-être que, finalement, nous ne sommes pas faits pour être ensemble, tout simplement. Si nous ne sommes pas capables de nous brancher, il y a sûrement une raison, non?

Noémie me sort de mes pensées :

- Que préfères-tu mieux, ce t-shirt ou plutôt l'autre?

- Sincèrement, je trouve que le bleu

fait plus ressortir tes yeux. Avec un jeans, ce sera parfait.

- Tu es certaine?

- Noémie, si Jérôme te trouve déjà de son goût alors tu n'as pas à t'en faire…

Dans le fond de moi, je m'en fais un peu pour ces deux-là, mais je m'abstiens de le lui dire. Jérôme est aussi timide, sinon plus, que mon amie. Il faudra que je travaille fort pour qu'il se passe quelque chose entre les deux!

- Un léger maquillage et je suis certaine qu'il ne pourra te résister.

Elle me répond avec un petit sourire à peine perceptible. Je renchéris :

- Allez, tu ne t'en vas pas sauter en parachute, mais seulement au cinéma! Et tu ne seras même pas seule avec lui…

- Tu as raison. Tout va bien aller.

Au ciné, je m'assois entre Noémie et Antoine. Jérôme était pour s'asseoir à côté d'Antoine quand celui-ci lui a donné un bon coup de pied. Je l'ai entendu chuchoter un « Qu'est-ce que tu fais? » Jérôme a levé les épaules, est sorti de la salle deux minutes avec Antoine et est revenu prendre place à côté de Noémie avec un gros maïs soufflé.

Je passe plus de temps à surveiller les faits et gestes de mon amie qu'à écouter le film. Un moment donné, je la frappe amicalement d'un coup de coude. Enfin! Elle lui prend la main!

Antoine, de son côté, tente ardemment de faire un rapprochement, mais je suis plus préoccupée à former un nouveau couple qu'à refaire le mien. Ce qui embête suffisamment Antoine pour qu'il finisse par me dire, pendant la représentation :

- Khelia! Allô! C'est avec moi que tu es venue au ciné!

Je reste bouche bée. Je ne réponds rien, me cale dans mon siège et attends la fin du film. Je m'empiffre de maïs soufflé – qui goûte un peu trop le beurre à mon goût. Il a le même goût que cette torlibine de soirée.

Je suis bête d'être venue voir un film avec lui finalement. Il ne comprend pas que je veux aider mon amie? La dernière fois que nous sommes venus au ciné lui et moi, nous avions rigolé et avions passé une belle soirée. Là, j'ai seulement envie de le bouder.

Il me donne un petit coup. Je le fusille d'un regard interrogateur.

- Quoi?

Évidemment, je chuchote.

- Souris un peu!

Le film n'est même pas drôle! Pourquoi je sourirais?

Je lui fais un sourire coincé pour le contenter et replonge mon attention vers le grand écran.

Après le cinéma, il est entendu que nous retournerons chacun comme nous sommes venus. Nous sommes donc dehors à attendre nos parents.

Antoine me tire par le bras à l'écart de nos amis. Il prend mon visage et m'embrasse avant même que je puisse protester.

Ouf! Je me souviens maintenant pourquoi je voulais revenir avec lui.

Je l'embrasse pour réponse. La tête me tourne, j'en vois des étoiles. Où suis-je déjà?

J'entends au loin la voix de Noémie. Zut! Il faut que je parte.

Je laisse Antoine là, sans dire un mot,

et je cours vers la voiture de la mère de Noémie. Antoine n'a pas bougé, ne semblant pas trop comprendre ce qui se passe.

Dans la voiture, Noémie se retourne vers moi avec un gigantesque sourire.

- Raconte! Vite!

- Je n'ai rien à dire. Et toi, raconte.

Je lui relance la balle, en espérant qu'elle ne me pose plus de question.

- Euh… néant.

La voiture s'arrête devant chez moi.

- Appelle-moi demain quand tu te lèveras.

- D'acc, finit-elle.

Je ne comprends absolument rien de ce qui s'est passé. Surtout, est-ce qu'Antoine pense que nous avons repris? Ce n'est pas ce que je voulais lui laisser croire! Cette soudaine envie de l'embrasser m'a prise seulement parce que ses lèvres sont si tendres et…

Mais non! Antoine est très gentil, mais je ne veux pas retourner avec lui. Il avait simplement à y penser avant de me laisser. Maintenant, il est trop tard. En tout cas, c'est ce que ma tête me dit. Mais mon cœur, lui, que me dit-il?

Est-ce que c'est mon orgueil qui me fait penser ainsi ou je suis vraiment persuadée que je n'aime plus Antoine?

Argh! Je suis compliquée parfois!

Chapitre 10

Chut!

Dring. Dring. J'appuie fort sur le réveil pour arrêter la sonnerie. Dring. Mais ce n'est pas le réveil, c'est le téléphone qui me tire de mon sommeil. Le temps que je comprenne que c'est ça, mes parents ont déjà répondu et me lâche un cri du haut des escaliers.

Péniblement, je prends le combiné. D'une voix rauque, je réponds un petit bonjour.

- Hé, salut Khelia!

- Il est quelle heure?

- 9 h. Allez, parle-moi d'hier.

- Ah… Noémie, je dormais.

- Oups, désolée, me répond-elle d'une voix enjouée.

Je me frotte les yeux et je m'étire dans mon lit. Après un grand bâillement, je lui dis tout simplement :

- C'était correct.

- Kel, ciboulot! Vous vous êtes embrassés à qui mieux mieux et tout ce que tu trouves à me dire c'est : « C'était correct »?

- Je ne sais pas trop. Quand il m'embrasse, il me fait perdre mes moyens… On ne s'est même pas reparlé, alors je n'ai aucune idée comment ce sera à l'école demain.

- Appelle-le!

- Je vais voir, que je marmonne en m'étirant.

- Et Jérôme et toi?

- On s'est tenus la main pendant le film, mais rien de plus. Je ne suis pas sûre que je l'intéresse…

- Vous êtes trop gênés! Il va falloir que tu fasses les premiers pas.

- Ouais, peut-être. Bon, faut que je te laisse, ma mère veut le téléphone. À plus!

Je monte à l'étage, les yeux bien gommés encore. Mes parents sont à la cuisine, Carolanne flâne dans le salon.

Mes parents me font signe de m'asseoir.

- Qu'y a-t-il?

Ma mère confie, à voix basse :

- Carolanne partira sûrement aujour-
d'hui. Le travailleur social a téléphoné tantôt et il semble qu'elle va retourner chez
elle. Il a eu une rencontre avec elle hier et
elle lui a dit qu'elle était prête à retourner
chez elle.

Déjà? Hein? Je n'y comprends absolument rien.

- Si Carolanne était ici, c'était un peu
elle qui l'avait décidé. Elle faisait des crises
sans cesse et des fugues. Elle a voulu partir
de chez elle pour de bon. Ses parents l'ont
laissée aller pour voir ce qui arriverait.

- Bizarre! Je ne comprends vraiment
pas pourquoi elle a fait ça, mais bon. Et je
croyais qu'elle avait fait d'autres familles
d'accueil?

- Comme lorsqu'elle a parlé des Cousineau? C'est totalement faux.

Hein? Là c'est vrai que je ne comprends plus rien. Pourquoi faire accroire qu'elle a fait plusieurs familles d'accueil? Elle a donc tout inventé lorsqu'elle a mentionné la famille Cousineau. Il n'y a rien de *cool* là-dedans…

C'est une bonne affaire en soi qu'elle parte. Disons que je préfère qu'elle soit dans sa famille que dans la mienne. Quelle capricieuse elle est!

Je prends la boîte de céréales dans l'armoire et me prépare à déjeuner, mine de rien. Je demande à ma mère :

- Que fait-on aujourd'hui?

- C'est à ta guise, ma chérie.

Après avoir mangé, je rappelle Noémie, maintenant que je suis en top forme.

Face à face avec Antoine. Qui a eu l'idée de faire ce corridor aussi étroit? Je ne peux pas faire semblant de ne pas l'avoir vu, il est à peine à un mètre de moi. Il y a tout juste deux minutes que j'ai mis les pieds dans l'école que je tombe déjà sur lui. Pendant plusieurs secondes, nous nous regardons sans dire un mot. Il finit par casser la glace.

- Salut.

- Allô.

Je fige. Eh oui! Pour une des rares fois dans ma vie, aucun mot ne sort de ma bouche.

- Tu sais, pour samedi…

Je ne le laisse pas terminer, j'enchaîne à sa place :

- Je sais, ce n'était rien. Je suis d'accord.

139

- Euh… ouin.

Ce n'est pas vraiment ce qu'il voulait dire je crois, mais je ne lui ai pas laissé le temps.

Il continue :

- Tu… tu… as raison. On reste copains…

- Je dois y aller, Noémie m'attend. On se voit plus tard.

Noémie ne m'attend pas du tout. C'est une excuse que je viens de lancer pour me sortir de cette situation embarrassante.

Comme un zombie, je m'en vais à mon cours de français. Je fixe dans le vide au lieu de suivre la matière donnée. Je n'arrive pas à penser à autre chose qu'à ce qui vient de se passer avec Antoine.

Qu'est-ce que je viens de faire là ? C'était l'occasion idéale pour reprendre avec Antoine, pourquoi je l'ai laissée filer ? Je suis mêlée sans bon sens ! Je veux passer du temps avec lui, non? Je ne veux pas qu'il soit avec une autre fille parce que je suis jalouse. J'adore discuter avec lui, je le trouve beau. Il est gentil, il me fait rire. Nous avons des bons moments ensemble. Il n'y a pas de problème. Est-ce seulement mon orgueil qui me retient de reprendre avec lui?

C'est clair que je l'aime. Je dois le lui dire!

Voilà! Une illumination. Maintenant que je vois clair, j'arrive à écouter ce que le professeur dit en avant!

Le cours de français achève. Enfin! Il faut que je parle à Antoine, et vite. Maintenant que je sais ce que je veux! Je sais exactement les mots que je vais lui dire.

Je vois Jean-Thomas super concentré sur ce que le professeur lui dit. Je ne comprends tellement pas pourquoi il a autant de difficulté. Pourtant, il étudie comme un fou, écoute en classe, mais il poche quand même ses examens pendant que moi, je ne m'applique pas et j'ai de très bonnes notes. La vie est injuste parfois!

À la fin du cours, J-T vient vers moi pour me parler. Il me chuchote qu'il a besoin de discuter avec moi. Je vois Noémie du coin de l'œil qui ne peut s'empêcher de nous surveiller de loin.

À la pause, je n'arrive pas à trouver Antoine. Je suis assise avec Noémie. Elle essaie à tout prix de savoir ce que Jean-Thomas m'a confié. Il m'a fait promettre de ne rien dire. Mais Noémie est comme moi, très curieuse et déterminée. Sauf qu'une promesse, c'est une promesse.

Maintenant, je comprends pourquoi Jean-Thomas est comme ça. Pourquoi il a autant de difficulté à l'école. Je sais pourquoi il ne veut pas en parler aussi. Et puis-

que je sais que je peux lui faire confiance,
je vais lui montrer qu'il peut également se
fier à moi.

Même si Noémie est ma meilleure amie,
je vais me taire.

Motus et bouche cousue.

Table des matières

Le monde de Khelia

Dans la même série :

Visite le
www.lemondedekhelia.com

Pour écrire à l'auteure :
monde-khelia@hotmail.com

De la même auteure, dans la collection Zone Frousse :

La malédiction du coffre
Les Éditions Z'ailées

Cauchemars en série
Les Éditions Z'ailées

ENTRE DANS LA ZONE...

WWW.ZONEFROUSSE.COM

Dans la même collection :